Merkregeln Textaufgaben
für die Grundschule

von Christiane Krapp
mit Illustrationen von Sven Palmowski

ENSSLIN

Inhalt

Was ist eine Textaufgabe?

Eine Textaufgabe ist eine kleine Geschichte, in der ein Rechenrätsel enthalten ist. Sie wird auch Sachaufgabe genannt.

Deine Aufgabe ist es, das Rechenrätsel in der Geschichte zu lösen.

Die Textaufgabe besteht aus vier Teilen:

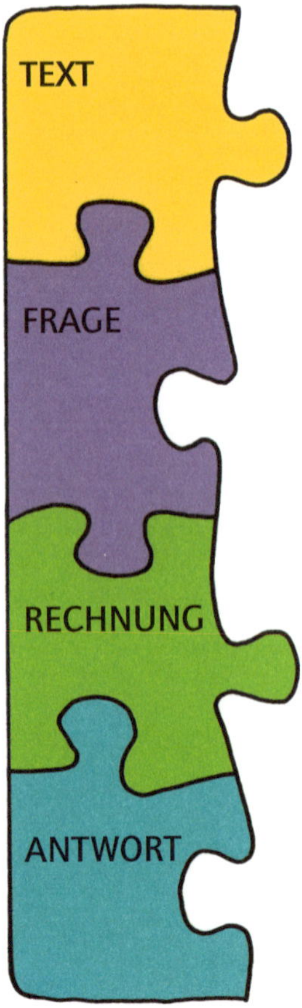

Im Text wird der Anfang einer Geschichte erzählt.

Beim Lesen des Textes taucht eine Frage auf.

Mit den Zahlenangaben im Text und der richtigen Rechenart wird eine Rechnung aufgestellt.

Was errechnet wurde, ist die Lösung des Rechenrätsels. Damit wird der Antwortsatz gebildet.

In jedem Fahrzeug von Pedros Karussell
haben 2 Kinder Platz.
Das Karussell hat 8 verschiedene Fahrzeuge.

2 + 2 + 2 + 2 + 2 + 2 + 2 + 2

FRAGE: Wie viele Kinder haben in dem Karussell Platz?

RECHNUNG: $2 \cdot 8 = 16$

ANTWORT: In Pedros Karussell ist Platz für 16 Kinder.

LESEN

Lies zuerst den Aufgabentext und stell dir vor, worum es geht und was hier geschieht. Erzähle es kurz mit deinen eigenen Worten. Fertige eventuell eine Zeichnung an.

Lies anschließend die Geschichte ein zweites Mal und beachte nun besonders die Zahlenangaben im Text. Markiere sie mit einem Farbstift.

FRAGEN

Du hast beim Lesen noch nicht alles erfahren, was du wissen möchtest. Worauf bist du neugierig geworden? Überlege dir die Frage und schreibe sie auf, falls sie fehlt.

RECHNEN

Bilde die Rechnung mit den Zahlenangaben im Text und mit der passenden Rechenart. Wähle aus den vier Grundrechenarten: plus (+), minus (–), mal (·), geteilt (:).

Löse nun die Aufgabe.

ANTWORTEN

Was du errechnet hast, ist die Antwort auf deine Frage. Bilde nun den Antwortsatz. Achte darauf, dass Frage und Antwort zusammenpassen.

Damit du dir die Rechengeschichte besser vorstellen kannst und sie verstehst, wandelst du den Text zunächst in ein Bild um.

Oliver feiert heute seinen 10. Geburtstag.
Beim Auspusten der Kerzen auf der Torte gelingt es ihm, 7 Kerzen auf einmal auszublasen.

Tipp: *Rahme die Zahlenangaben im Text ein. Zeichne die Kerzen auf die Torte.*

FRAGE: Wie viele Kerzen brennen noch?

Tipp: *Überlege die passende Rechnung: 10 Kerzen waren an, 7 Kerzen sind nun aus.*

RECHNUNG: _____ - _____ = _____

ANTWORT: Auf Olivers Geburtstagstorte brennen noch _____ Kerzen.

Texte in Bilder umwandeln

Das Gebiss eines Schulanfängers besteht normalerweise aus 24 Milchzähnen. Heute ist der erste Schultag und Leon hat schon 5 Milchzähne verloren.

Tipp: *Markiere die Zahlen im Text. Male die Anzahl der Zähne eines Schulanfängers farbig an. Streiche davon so viele Zähne durch, wie Leon bereits verloren hatte.*

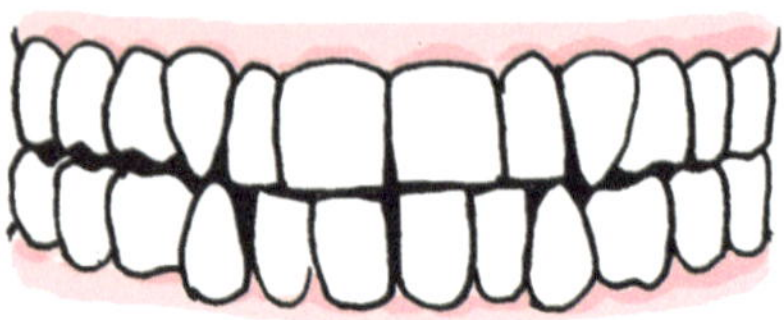

F.: Wie viele Milchzähne hat Leon noch?

R.: _____ - _____ = _____

A.: Leon hat noch _____ Milchzähne.

In Hertas Imbissbude werden an jedem Schultag doppelt so viele Baguettes *(sprich: „Ba'gets")* gekauft wie am gesamten Wochenende. Samstags und sonntags verkauft sie 10 Baguettes pro Tag.

Tipp: *Trage zuerst ein, was du weißt.*
Wandle danach die Rechengeschichte in ein Bild um: Male die passenden Kästchen aus.

Samstag: ______ Baguettes
Sonntag: ______ Baguettes
Montag: ______ Baguettes
Dienstag: ______ Baguettes
Mittwoch: ______ Baguettes
Donnerstag: ______ Baguettes
Freitag: ______ Baguettes

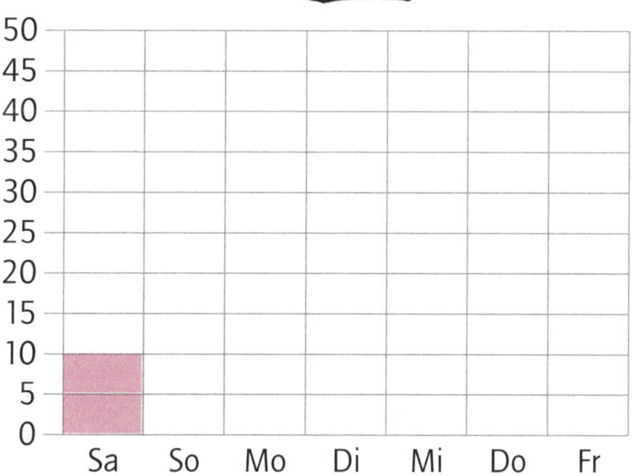

Texte in Bilder umwandeln

Das Bahnhofsgebäude muss am 5. August wegen Renovierungsarbeiten für 14 Tage geschlossen werden.

Tipp: *Lies den Text. Umrahme die Zahlenangaben. Sieh dir das Kalenderblatt an und überlege die Rechnung.*

F.: Wann wird der Bahnhof wieder geöffnet?

R.: ______________________________

A.: Der Bahnhof wird am ______________________________ wieder geöffnet.

Ein Schaubild gibt dir eine Vorstellung von der Rechengeschichte und beantwortet gleichzeitig mehrere Fragen.

In allen Klassen der Grundschule stehen für die Kinder Getränkekisten bereit.
Die erste Klasse benötigt monatlich 5 Kästen Wasser.
Die zweite Klasse verbraucht im Monat 8 Kästen.
Die dritte Klasse trinkt halb so viel wie die zweite.
Die vierte Klasse braucht in einem Monat so viel wie die erste und dritte Klasse zusammen.

Tipp: *Male dafür die Felder aus. Trage die Angaben in das Schaubild ein.*

	Getränkekästen									
Klasse	1	2	3	4	5	6	7	8	9	10
4										
3										
2										
1										

- Wer verbraucht am meisten? ______________________
- Wer verbraucht am wenigsten? ______________________

Finde heraus, welcher Text zu dem Schaubild passt. Kreuze an.

1. Jens ist 1,45 m groß. Gabriel ist 17 cm größer. Benni ist 5 cm kleiner als Jens, aber 5 cm größer als Frederik.

2. Jens ist 1,50 cm groß. Frederik ist 10 cm größer. Benni ist 8 cm größer als Frederik, aber 7 cm kleiner als Gabriel.

3. Frederik ist 1,51 cm groß. Gabriel ist 11 cm größer. Benni ist 5 cm größer als Frederik und 11 cm größer als Jens.

Frederik Jens Gabriel Benni

Die Teile einer Textaufgabe sind sehr eng miteinander verbunden.

Beachte:

- Die **Frage** und die Zahlenangaben für die **Rechnung** stecken im Text.
- Die **Rechnung** muss eine **Antwort** auf die **Frage** ergeben.
- In der **Antwort** muss das **Ergebnis,** das du errechnet hast, enthalten sein.
- Die **Antwort** muss genau zu der gestellten **Frage** passen.

Nur eine der zwei Möglichkeiten unten passt jeweils sinnvoll zur Rechengeschichte. Kreuze die richtige Möglichkeit an.

Jan ist täglich 9 Stunden lang im Büro.
Jeden Morgen beginnt er um 8 Uhr.

		✗
FRAGE 1:	Wann verlässt Jan das Büro?	☐
FRAGE 2:	Wann ist Frühstückspause?	☐
RECHNUNG 1:	$8 + 9 = 17$	☐
RECHNUNG 2:	$8 \cdot 9 = 72$	☐
ANTWORT 1:	Jan arbeitet täglich 17 Stunden lang.	☐
ANTWORT 2:	Jan verlässt das Büro um 17 Uhr.	☐

Beim Aufschreiben einer Textaufgabe musst du eine bestimmte Ordnung beachten. Dadurch wird verständlich, auf welchem Weg du zur Lösung gefunden hast.

Vier Regeln sind dabei zu beachten:

1. Zwischen den verschiedenen Aufgabenteilen (Text, Frage, Rechnung, Antwort) lässt du jeweils zwei Zeilen frei.

2. Jeder neue Teil wird zuerst mit seinem Namen (oder der Abkürzung) benannt. Dahinter steht ein Doppelpunkt, also:

FRAGE:	oder	F.:
RECHNUNG:	oder	R.:
ANTWORT:	oder	A.:

3. Diese Namen stehen linksbündig untereinander. Du schreibst nichts *direkt* unter sie.

So:

FRAGE: Wie viele schwarze
Bälle liegen noch in
der Turnhalle?

NICHT so:

FRAGE: Wie viele schwarze
Bälle liegen noch in der
Turnhalle?

4. Alle Rechnungen, die zum Finden der Lösung führen, werden *untereinander* aufgeschrieben.

(Auf Seite 16 findest du ein Beispiel, wie du diese Ordnung einhalten solltest.)

Gärtnerei Adam hat von 100 vorhandenen Pfirsichbäumchen bereits 78 Stück verkauft.

FRAGE: Wie viele Pfirsichbäumchen sind noch vorrätig?

RECHNUNG: 100 – 78 = 22

ANTWORT: Es sind noch 22 Pfirsichbäumchen vorrätig.

Beachte nun diese Regeln und setze ein, was fehlt.

Patrick hat mit seiner Mannschaft Fußballtraining. Er schafft es, den Ball 67-mal in die Höhe zu kicken, ohne dass dieser den Boden berührt. Kai schafft es nur 11-mal, aber Daniel gelingt es so oft wie Patrick und Kai zusammen.

______________ : Wie oft schafft es Daniel, den Ball in die Höhe zu kicken?

______________ : 67 + 11 = 78

______________ : Daniel schafft es, den Ball 78-mal in die Höhe zu kicken.

Textaufgaben richtig aufschreiben

Zur Erinnerung:
Du darfst die Namen der Aufgabenteile mit ihren Anfangsbuchstaben abkürzen. Hinter dem Buchstaben steht ein Punkt, dahinter ein Doppelpunkt.

Lara und Lukas trainieren fürs Sportfest.
Laras Trainingseinheiten sind an 3 Tagen in der Woche jeweils für 3 Stunden geplant. Lukas trifft sich mit seinem Trainer an den 5 Werktagen immer für 2 Stunden.

F.: Wie oft trainiert jeder von ihnen in einer Woche?

R.: Lara: 3 Stunden · 3 = 9 Stunden
Lukas: 2 Stunden · 5 = 10 Stunden

A.: Lara trainiert 9 Stunden wöchentlich,
Lukas trainiert 10 Stunden in einer Woche.

Die Rechengeschichte enthält wichtige Angaben, die für das Lösen des Rechenrätsels nötig sind.

Zahlenangaben

Es sind immer mindestens zwei Zahlenangaben erforderlich, um die Lösung errechnen zu können.

Deine Aufgabe ist es, die Zahlenangaben zu entdecken. Kreise sie ein.

Rechenweg

Welche Rechenart du auswählen musst, um die beiden Zahlenangaben zur passenden Rechnung zu verbinden, kann ebenfalls bereits im Text stehen.

Deine Aufgabe ist es, den richtigen Rechenweg zu erkennen.

Einfache Zahlenangaben im Text

Trage in die Helfermännchen ein, welche Zahlenangaben dir beim Lösen der Aufgabe helfen werden.

Zum Schuljahresbeginn benötigt Sara 7 neue Hefte. Ihr älterer Bruder Sebastian braucht 4 Hefte mehr.

Lena hat zum Geburtstag 12 Gäste eingeladen. 2 Kinder mussten wegen Krankheit absagen.

Fürs Fest hat Tanja 3 Torten gebacken. Eine Torte ergibt 12 Stücke.

Die geplante Fahrradtour dauert voraussichtlich 4 Stunden. Morgens um 7 Uhr geht's los.

20 kg Gepäck darf der Fluggast mit auf die Reise nehmen. Silvias Koffer wiegt fast 23 kg.

Die Zahlenangaben sind nicht immer in Zahlen, sondern manchmal auch in Zahlwörtern im Text versteckt.

Unterstreiche die wichtigen Zahlenangaben im Text. Trage sie dann in die Helfermännchen ein.

Zehn Tretboote liegen am See zum Ausleihen bereit. Fünf davon sind im Moment unterwegs.

Meiers besitzen zwölf Hühner. Jedes Huhn legt jeden Tag ein Ei.

Merit und Luca wollen ins Kino gehen. Die Nachmittagsvorstellung beginnt um drei Uhr. Der Film dauert zwei Stunden.

Beim Bäcker sind noch drei Leute vor Sina. Jeder von ihnen kauft fünf Laugenbrezeln.

Zweite Zahlenangabe errechnen

Es kann vorkommen, dass eine der beiden Zahlenangaben im Text steht, die andere aber erst errechnet werden muss.

Malina hat im Töpferkurs sieben wunderschöne Kerzenständer hergestellt, die sie auf dem Flohmarkt zum Kauf anbietet. Schon bald hat sie alle zum gleichen Preis verkauft. 1 € hat sie geschenkt bekommen. Nun sind genau 50 € in ihrer Kasse.

Tipp: *Die erste Zahlenangabe ist die 7.*
Die zweite Zahlenangabe musst du errechnen:
50 € - 1 € = 49 €

Nun kannst du rechnen.

F.: Wie teuer war ein Kerzenständer?

R.: ______ : ______ = ______

A.: Ein Kerzenständer kostete ______.

Es gibt Textaufgaben, bei denen es schwierig ist, die Zahlenangaben zu erkennen, da *beide* Zahlenangaben versteckt sein können.

Liane freut sich. Endlich kommt sie in die 4. Klasse. Als Taschengeld erhält sie nämlich jede Woche gerade so viel Euro, dass es der Zahl ihres Schuljahres entspricht.

Tipp: *Überlege, wie viel Taschengeld sie in einer Woche bekommt. Und wie viel Taschengeld erhält sie in einem Monat (= ungefähr 4 Wochen)?*

Bei Konstantin ist das anders. Sowohl sein Papa als auch seine Mama und sein Opa geben ihm an jedem Monatsersten einen 5-Euro-Schein.

Tipp: *Wie viel Taschengeld erhält Konrad insgesamt monatlich?*

F.: Wer von beiden erhält mehr Taschengeld, und wie viel Euro mehr sind es?

R.: Liane: $4\,\text{€} \cdot 4 = 16\,\text{€}$
Konstantin: $5\,\text{€} + 5\,\text{€} + 5\,\text{€} = 15\,\text{€}$
$16\,\text{€} - 15\,\text{€} = 1\,\text{€}$

A.: Liane bekommt monatlich 16 €, Konstantin erhält 15 € im Monat. Also hat Liane monatlich 1 € mehr Taschengeld als Konstantin.

Außer den wichtigen Zahlenangaben im Text können in der Rechengeschichte auch Zahlen genannt werden, die für das Finden der Lösung unwichtig sind.

Tipp: *Deine Aufgabe ist es, wichtige Zahlenangaben von unwichtigen zu unterscheiden.*

Alle sind von dem neugeborenen Eisbärbaby begeistert. Hunderte von Menschen warten täglich darauf, den kleinen Bären zu besuchen. Im 15-Minuten-Takt wird das Tor geöffnet, um immer 100 Leuten Einlass zu gewähren.

Vor dem Gehege steht ein Verkaufsstand. Dort gibt es Eisbär-Eis für 2,50 €, Eisbär-T-Shirts für je 10 € oder Kuschel-Eisbären für 5 €. Jedes der drei Kinder von Familie Tilger hat 10 € Taschengeld dabei.

F.: Wie viele Kuschel-Eisbären könnten sich die Kinder von ihrem gesamten Geldbetrag kaufen?

Tipp: *Damit du die wichtigen Zahlenangaben findest, die du zum Rechnen brauchst, musst du zuvor überlegen:*

1. Wie viele Kinder gehören zur Familie? ______
2. Wie viel Taschengeld haben sie zusammen?

   ______
3. Was kostet ein Kuschel-Eisbär? ______

Tipp: *Streiche im Text alle unwichtigen Angaben durch.*

R.: 30 : 5 = 6

A.: Die drei Kinder könnten sich von ihrem gesamten Taschengeld 6 Kuschel-Eisbären kaufen.

Um die richtige Rechenfrage zu stellen, musst du überlegen, was dir die Rechengeschichte verschweigt. Du findest es mithilfe der Zahlenangaben im Text heraus.

Christian wiegt 25 kg. Sein Schulranzen hat mit 2,5 kg sozusagen Idealgewicht.
Philips Ranzen wiegt 1,5 kg mehr, obwohl Philip 1 kg leichter ist als Christian.
Eilika wiegt 2 kg mehr als Philip. Ihr Ranzen ist allerdings auch 2 kg schwerer als der von Philip.

Wähle die Fragen aus, die du mithilfe der Zahlenangaben im Text beantworten könntest. Kreuze sie an, denn nur sie sind für das Finden der Lösung bedeutend:

✗

- ☐ 1. Was ist bloß alles in dem Ranzen drin?
- ☐ 2. Wie schwer ist Eilika?
- ☐ 3. Wessen Ranzen ist schwerer: Philips oder Eilikas?
- ☐ 4. Wem gehört der leichteste Ranzen?
- ☐ 5. Wer hat den schönsten Ranzen?
- ☐ 6. Wer hat heute sein Mathebuch vergessen?

Trage jeweils die passende Frage ein.

Der Weg zur Turmspitze ist weit. 40 Stufen ist Lisa nun hinaufgestiegen, aber sie muss noch viermal so viele Treppenstufen schaffen.

F.: ______________________________

____

Die Ostsee ist an der tiefsten Stelle 459 m tief. Die Nordsee kommt an ihrer tiefsten Stelle auf 110 m weniger als das Doppelte der Ostseetiefe.

F.: ______________________________

____

Ein Pferd hat eine Lebenserwartung von ungefähr 50 Jahren. Eine Schildkröte kann dreimal so alt werden.

F.: ______________________________

____

Mehrere Fragen in einer Aufgabe

Bei manchen Textaufgaben müssen auf dem Weg zur Lösung mehrere Fragen beantwortet werden.

Beantworte alle Fragen.

Am Wochenende war in dem kleinen Wanderzirkus in der Stadt einiges los. Bei einem einheitlichen Eintrittspreis von 4 € wurden am Samstag 520 € eingenommen. Der Sonntag brachte genau das Doppelte an Einnahmen.

F.: Wie viele Besucher sahen am Wochenende die Vorstellungen?

Tipp: *Um diese Frage beantworten zu können, musst du zuerst Folgendes errechnen:*

1. Wie viele Karten wurden am Samstag verkauft?

R.: ______________________________

A.: ______________________________

2. Wie hoch war die Besucherzahl am Sonntag?

R.: ______________________________

____

A.: ______________________________

Tipp: *Nachdem du diese Fragen beantwortet hast, kannst du die Antwort auf die Frage der Rechengeschichte finden:*

R.: ______________________________

A.: ______________________________

David und Mikel wollen gemeinsam mit ihren Freundinnen Tennis spielen. Die Platzmiete beträgt 8 € pro Stunde. Zwei Stunden haben sie gebucht.

F.: Wie viel bezahlt jeder von ihnen?

Kreuze alle Fragen an, die du beantworten musst, um zur Lösung zu gelangen. Streiche unwichtige Fragen durch.

✗

- ☐ 1. Wie viele Personen sind es?
- ☐ 2. Was kosten zwei Stunden?
- ☐ 3. Wie alt sind sie?
- ☐ 4. Müssen die Mädchen etwa auch bezahlen?

R.: ______________________________

____

A.: ______________________________

Endlich fährt der Zug los! Melanie muss unbedingt pünktlich am Ziel ankommen und ist wegen der Verspätung des Zuges schon sehr nervös.
Um 10.00 Uhr muss sie sich bei ihrem neuen Chef vorstellen. Sie braucht 10 Minuten vom Bahnhof bis zum Büro. Die Fahrzeit des Zuges beträgt 40 Minuten. Jetzt ist es schon 9.15 Uhr!

F.: Wann kommt Melanie im Büro an?

Schreibe die Frage auf, die zuvor beantwortet werden muss:

Textaufgaben können nicht gelöst werden, wenn wichtige Angaben zum Errechnen der Lösung fehlen. Diese Aufgaben nennt man auch Kapitänsaufgaben.

Ein Kapitän ist seit 14 Tagen auf hoher See. In einer Woche wird er seinen Heimathafen wieder erreichen.

F.: Wie alt ist der Kapitän?

Tipp: *Überlege, ob es möglich ist, mit den Zahlenangaben das Alter des Kapitäns zu errechnen.*

☐ *Ja* ☐ *Nein*

Lautet die Antwort „Nein", so ist dies eine Kapitänsaufgabe. Sie kann nicht gelöst werden.

Finde eine passende Frage, die du mithilfe der Zahlenangaben im Text beantworten könntest.

F.: ______________________

____

Zum Lösen von Textaufgaben stehen die
vier Grundrechenarten zur Wahl: **+ – · :**

Deine Aufgabe ist es, die passende Rechenart zu überlegen. Gemeinsam mit den Zahlenangaben im Text wird daraus dann die Rechnung.

Innerhalb von 3 Tagen hat Carolin 18 tolle Halsketten hergestellt.

F.: Wie viele Ketten stellte Carolin pro Tag her?

Tipp: *Überlege, um welche Rechenart es hier geht.*

(+) (–) (·) (:)

R.: ____________________

A.: Carolin stellte pro Tag ______ Ketten her.

Wörter als Rechenwegweiser

Manche Wörter im Text geben dir schon einen Hinweis auf die gesuchte Rechenart.

Tipp: *Deine Aufgabe ist es, diese Wörter zu finden und damit die richtige Rechenart zu erkennen.*

Fünf Mal hat der Bergführer die Wanderer nun schon auf den Dreitausender-Gipfel geführt.

Balou ist einfach zu schwer. Er muss unbedingt 5 kg ***abnehmen.***

Wenn Clara die heutige Spargelernte auf ihre fünf Nachbarinnen ***verteilt,*** erhält jede von ihnen 3 kg.

Millers brauchen neue Gardinen. 3,50 m ***und*** 4,20 m des gleichen Stoffes sind dafür nötig.

Tipp: *Unterstreiche das Wort, das die Rechenart verrät. Trage das passende Rechenzeichen daneben ein.*

Der Juwelier hat die bestellte Warensendung erhalten.

Es wurde allerdings weniger geliefert, als er bestellt hatte.

Es hätten mindestens doppelt so viele Pakete sein müssen.

Nun will er die Lieferung auf drei Vitrinen verteilen.

Von den dringend erwarteten Trauringen ist auch nur die Hälfte dabei.

Bei vielen Textaufgaben gibt es nur **einen** möglichen Rechenweg. Du erkennst ihn im Text oder in der Frage.

Der Kölner Dom ist mit einer Höhe von 157 m deutlich niedriger als der Messeturm in Frankfurt, der genau 99 m höher in den Himmel emporragt.

Tipp: *Stell dir die Geschichte vor. Fertige eine kleine Zeichnung an.*

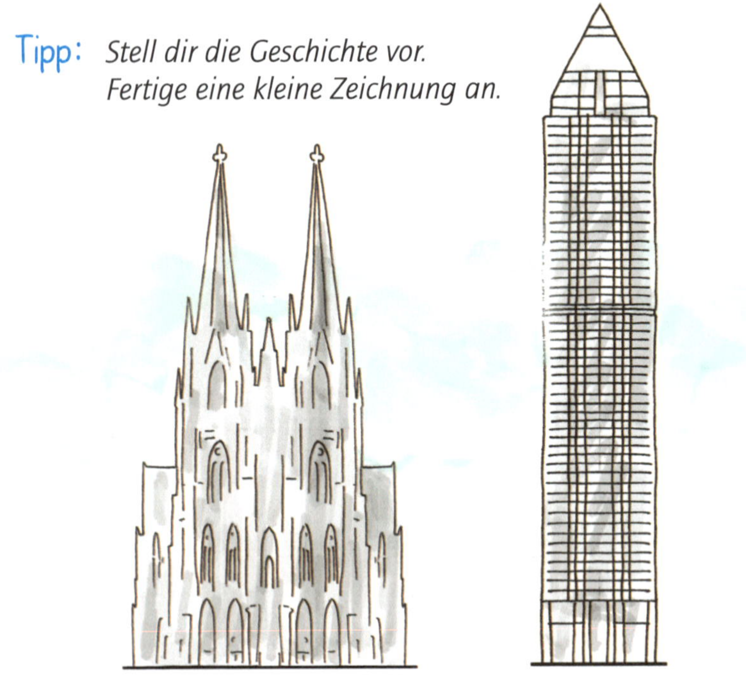

F.: Wie hoch ist der Messeturm?

R.: ____________________

A.: ____________________

Das neue Hochhaus hat 24 Stockwerke. Auf jeder Etage sind zwei Wohnungen. Alle Wohnungen haben dieselbe Anzahl von Räumen und Fenstern. Insgesamt wurden 480 Fenster eingebaut.

F. 1: Wie viele Fenster hat ein Stockwerk?

Tipp: *Überlege die passende Rechenart.* ⊕ ⊖ ⊙ (:)

R. 1: 480 24 = ____________

A. 1: ______________________________

F. 2: Wie viele Wohnungen hat das Haus?

Tipp: *Überlege die passende Rechenart.* ⊕ ⊖ ⊙ (:)

R. 2: 24 ____________

A. 2: ______________________________

Richtige Rechenwege wählen

Bei vielen Aufgaben musst du erst andere Rechnungen ausführen, bevor die eigentliche Rechnung aufgestellt werden kann. Du erkennst es im Text und in der Frage.

Familie Petry will mit dem Bus ins Mathematikum fahren.

F.: Wie viel bezahlen die Eltern mit ihren drei Kindern im Alter von 4, 7 und 12 Jahren?

Citybus-Fahrpreise:	Personen bis 6 Jahre:	frei
	Personen bis 12 Jahre:	90 Cent
	Personen bis 18 Jahre:	1,40 €
	Erwachsene:	2,10 €

Tipp:
- *Wandle zuerst Cent in Euro um.*
- *Errechne dann die Preise für alle Personen einer Altersgruppe.*
- *Addiere danach alle Einzelergebnisse.*
- *Schreibe alle Angaben und Rechnungen unbedingt ordentlich untereinander!*

R.:

90 Cent = 0,90 €

0,90 € · 2 = 1,80 €
2,10 € · 2 = 4,20 €

1,80 € + 4,20 € = 6,00 €

A.: Die Familie bezahlt insgesamt 6,00 € für eine Fahrt mit dem Citybus.

Nicht immer ist nur ein einziger Rechenweg möglich, um zur Lösung zu gelangen. Oft sind mehrere Wege denkbar, die dich zur Lösung des Rechenrätsels führen.

185 Fahrgäste fahren mit dem ICE ab München Richtung Hamburg. In Kassel steigen 64 Personen aus und 88 ein.

F.: Wie viele Reisende steigen in Hamburg aus?

R. 1:

185 - 64 = 121
121 + 88 = 209

***oder* R. 2:**

185 + 88 = 273
273 - 64 = 209

Beide Rechenwege führen zum richtigen Ergebnis. Darum ist jeder dieser beiden Rechenwege erlaubt.

A.: In Hamburg steigen 209 Fahrgäste aus.

Die Kinder vergleichen ihre Sparbeträge. Jule bringt zwei Zwanziger und einen Fünfziger aufs Sparbuch. Nico hat vier Zehn-Euro-Scheine und zwei Fünfziger gespart. Tim will seine zehn Zehner zur Bank bringen.

F.: Wie viel Geld hat Nico mehr als Jule gespart?

Jule:	20 € · 2	=	40 €
	50 € · 1	=	50 €
	40 € + 50 €	=	90 €
Nico:	10 € · 4	=	40 €
	50 € · 2	=	100 €
	40 € + 100 €	=	140 €
Tim:	10 € · 10	=	100 €

Das Aufschreiben der Rechenschritte gibt dir einen guten Überblick über die gesamte Rechengeschichte. Entscheide selbst, ob du auch die Rechenschritte, die du im Kopf rechnest, mit aufschreiben willst.

Finde nun zwei verschiedene Rechenwege.

R. 1: ______________________________

R. 2: ______________________________

A.: Nico hat ________ € mehr als Jule gespart.

Es gibt auch Aufgaben, in denen der Text eine Rechenart beschreibt, die du **nicht** auswählen darfst, weil du mit der **umgekehrten** Rechenart rechnen musst.

Die umgekehrte Rechenart von **plus** ⊕ ist **minus** ⊖.
Die umgekehrte Rechenart von **mal** ⊙ ist **geteilt** (:).

Jonas besitzt 7 Computerspiele.
Damit hat er 4 Spiele mehr als Tobias.

F.: Wie viele Spiele gehören Tobias?

Achtung: *„Mehr" bedeutet hier **nicht**, dass du **plus** rechnen sollst! Du musst das Gegenteil tun und **minus** rechnen.*

Tipp: *7 Spiele hat Jonas. Tobias hat 4 Spiele weniger als Jonas.*

R.: 7 - 4 = 3

A.: Tobias hat 3 Computerspiele.

Mehr Übungsaufgaben zu diesem Thema findest du bei den Knobelaufgaben ab S. 82.

Frage und Antwort

Die Textaufgabe ist erst vollständig, wenn auf die Frage eine passende Antwort gefunden wurde.
Frage und Antwort gehören unbedingt zusammen!

Die Lottogemeinschaft hat einen Gewinn erzielt:
5 551 € sind es, die sich die sieben Kollegen teilen.

F.: Wie viel Geld erhält jeder von ihnen?

R.: ______________________________

A.: Jedes Mitglied der Lottogemeinschaft erhält ________ €.

Überlege: Welcher Satz (A) beantwortet die Frage (F)? Kreuze ihn an.

F.: Wie viele Parkbesucher erhielten ein Begrüßungsgeschenk?

A.:
- ☐ Oma hat sich über das Geschenk sehr gefreut.
- ☐ 31 Besucher erhielten zur Begrüßung bei ihrem Parkbesuch ein Geschenk.
- ☐ Blödsinn! Herr Stolz ist gar nicht daran interessiert, ein Begrüßungsgeschenk zu erhalten.

F.: Wie viel Futter muss der Zoo für die vier neuen Elefanten täglich besorgen?

A.:
- ☐ Der Zoo benötigt täglich 600 kg mehr Futter.
- ☐ Die Elefanten haben einfach immer Hunger.
- ☐ Das Futter kostet sehr viel Geld.

Rechenweg und Antwort

Wichtig ist, dass du die Frage beantwortest und sie gleichzeitig das Ergebnis enthält, das du errechnet hast.

Markiere in der Antwort das Rechenergebnis.

Der Sponsorenlauf der Wiesenschule war ein voller Erfolg. Jeder der 400 Schüler hat einen Rundkurs von 3 km absolviert und pro Kilometer 2 € von den Sponsoren erhalten.

F.: Wie viele Spendengelder sind eingegangen?

R.: 3 km · 400 = 1200 km
2 € · 1200 = 2400 €

A.: Beim Sponsorenlauf sind 2400 € eingegangen.

Bei Textaufgaben, in denen **verschiedene Einheiten** (Längen, Gewichte, Zeit, Geld, Rauminhalt) angegeben sind, müssen die Angaben in **eine Einheit** umgewandelt werden.

Längen

mm	=	Millimeter		1 cm	=	10	mm
cm	=	Zentimeter		1 dm	=	10	cm
dm	=	Dezimeter		1 m	=	10	dm
m	=	Meter		1 m	=	100	cm
km	=	Kilometer		1 km	=	1000	m

Gewichte

g	=	Gramm		1 g	=	0,001	kg
kg	=	Kilogramm		1 kg	=	1000	g
t	=	Tonne		1 t	=	1000	kg

Zeit

sec	=	Sekunde		1 min	=	60	sec
min	=	Minute		1 h	=	60	min
h	=	Stunde		1 Tag	=	24	h

Geld

ct	=	Cent		1 ct	=	0,01	Euro
€	=	Euro		1 €	=	100	ct

Hohlmaße

ml	=	Milliliter		1 ml	=	0,001	l
l	=	Liter		1 l	=	1000	ml

Längenmaße können in einer Textaufgabe in Millimetern (mm), Zentimetern (cm), Dezimetern (dm), Metern (m) oder Kilometern (km) angegeben sein.

Deine Aufgabe ist es, vor der Aufstellung der Rechnung alles in einheitliche Längenmaße umzuwandeln.

Schwalben-schwanz

Ullis Lieblingsschmetterling ist der Schwalbenschwanz. Wenn der Falter seine wunderschönen Flügel ausbreitet, hat er eine Spannweite von 75 mm. Der Bläuling dagegen hat eine Spannweite von 3 cm.

F.: Wie groß ist der Unterschied in der Spannweite der beiden Schmetterlinge?

Bläuling

Tipp: *Wandle um: 3 cm = 30 mm*

R.: 75 mm - 30 mm = 45 mm

Schreibe die Angaben, mit denen du rechnest (mm/cm/dm/m/km), bei der Rechnung auf. Das hilft dir dabei, den richtigen Antwortsatz zu schreiben.

A.: Die Spannweite des Schwalbenschwanzes ist um 45 mm größer als die des Bläulings.

In gleiche Längenangaben umwandeln

Damit du rechnen kannst, müssen beide Längenangaben dieselbe Einheit aufweisen! Entscheide dich bei der Textaufgabe für eine der dort angegebenen Maßeinheiten.

Wandle um. Notiere dabei hier beide Möglichkeiten.

In der Zeit, in der ein Regenwurm 8 dm zurückgelegt hat, kriecht eine Schnecke 20 cm.

8 dm = ________ cm

________ dm = 20 cm

Janas MP3-Video-Player ist superflach und passt in ihre Hosentasche. Er hat eine Stärke von 12 mm. Ihre Geldbörse ist genauso breit und lang, hat aber eine Stärke von 2,5 cm.

12 mm = ________ cm

________ mm = 2,5 cm

Sascha läuft täglich 8 km auf dem Laufband. Patrick fährt auf dem Hometrainer am Tag 5000 m.

8 km = ________ m

________ km = 5000 m

In gleiche Längenangaben umwandeln

Die Schülerinnen und Schüler sollen Schrauben in Bretter drehen. Doch Achtung, die Schrauben dürfen keinesfalls länger sein als die Dicke des Brettes, da ihre Spitze sonst auf der Unterseite austritt!

F.: Welche Schrauben passen? Kreuze die Lösungen an.

Stärke des Brettes: 1,5 cm

A.: Länge jeder Schraube:

- ☐ 12 mm
- ☐ 5 mm
- ☐ 20 mm
- ☐ 14 mm
- ☐ 8 mm

Stärke des Brettes: 30 mm

A.: Länge jeder Schraube:

- ☐ 0,5 cm
- ☐ 2,0 cm
- ☐ 4,0 cm
- ☐ 0,7 cm
- ☐ 2,9 cm
- ☐ 1,1 cm

In gleiche Längenangaben umwandeln

Emmas Bett ist 120 cm lang. Das Bett ihrer Schwester Nora hat eine Länge von 2 m und Christophers Bett misst 1 m und 70 cm.

Wandle um.

Emmas Bett ______ cm = ______ m

Noras Bett ______ cm = ______ m

Christophers Bett ______ cm = ______ m

Ordne vom kürzesten bis zum längsten Bett.

1. ______
2. ______
3. ______

In gleiche Längenangaben umwandeln

Naomi wohnt 1 km vom Bahnhof entfernt. Auf dem Weg dorthin kommt sie nach 500 m an der Bücherei vorbei, wo sie sich regelmäßig Bücher ausleiht. 200 m hinter dem Bahnhof befinden sich Schwimmbad und Eisdiele. Mit ihrer Freundin geht sie morgen zuerst in die Eisdiele und nimmt sich dann auf dem Rückweg zwei Bücher mit.

F.: Wie weit ist die Entfernung von der Bücherei bis zur Eisdiele?

Tipp: *Rahme wichtige Zahlenangaben ein.*
Streiche unwichtige Angaben durch.
Trage alle Angaben in die Skizze ein.

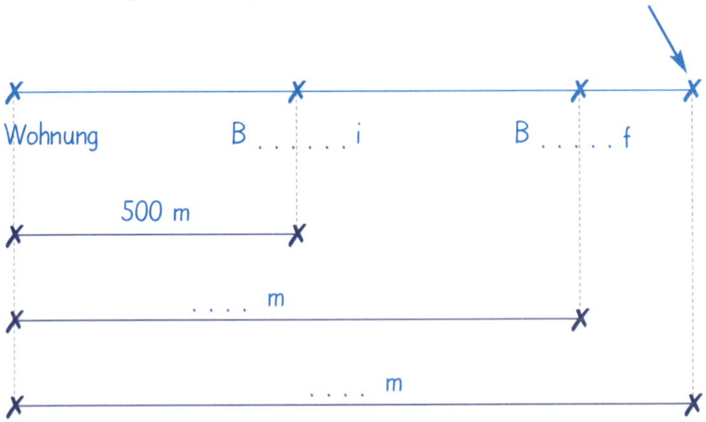

Was du nun überlegen musst:

1 km = ________ m

F. 1: Wie weit ist der Weg von Naomis Wohnung zur Eisdiele?

R. 1: 1000 m + 200 m = 1200 m

A. 1: Der Weg von Naomis Wohnung zur Eisdiele ist 1200 m weit.

F. 2: Wie weit ist die Bücherei von der Wohnung entfernt?

A. 2: Die Bücherei liegt ____________ von der Wohnung entfernt.

Errechne nun den Weg von der Bücherei bis zur Eisdiele.

R.: 500 m + ? m = 1200 m
500 m + 700 m = 1200 m

oder: 1200 m - 500 m = 700 m

A.: Die Entfernung von der Bücherei bis zur Eisdiele beträgt 700 m.

In gleiche Längenangaben umwandeln

Fertige ein Schaubild an.
Male die Kästchen wie angegeben aus.

Der Walhai (W) wird 17 m und 100 cm lang.
Ein Tyrannosaurus Rex (TR) brachte es auf eine Länge von 12 m.
Die Anakonda (A), eine Riesenschlange, kann eine Länge von 900 cm erreichen.

F.: Wer von den dreien ist am längsten?

R.:

Meter	1	2	3	4	5	6	7	8	9	10	11	12	13	14	15	16	17	18
W																		
TR																		
A																		

A.: ____________________

Eine der kleinsten Frauen der Welt war 61 cm groß.
Der größte Mann hingegen hat eine Größe von 2,36 m.

F.: Wie groß ist der Unterschied?

Wandle um.

Frau 61 cm = ______ m

Mann ______ cm = 2,36 m

R.:

236 cm			2,36 m
– 61 cm	*oder*		– 0,61 m
175 cm			1,75 m

1 m = 100 cm *oder* 1,00 m = 100 cm
Das Komma trennt m und cm.

A.: Der Unterschied zwischen den beiden beträgt ______________ .

Textaufgaben mit Gewichtsangaben

Gewichtsangaben begegnen dir in Milligramm (mg), Gramm (g), Kilogramm (kg) oder Tonnen (t).

Schreibe die Angaben, mit denen du rechnest (mg/g/kg/t), bei der Rechnung mit auf.
Das hilft dir, die richtige Antwort zu finden.

1 kg = 1000 g *oder* 1,000 kg = 1000 g
Das Komma trennt kg und g.

Tipp: *Achte darauf, ob die Gewichtsangaben einheitlich sind. Wenn nicht, musst du sie in dieselbe Einheit umwandeln.*

Darya liebt es, Mamas Vorratsdosen aufzufüllen.
In jeder Dose soll 1 kg enthalten sein.

Errechne die fehlende Menge.

130 g + ______________ = ______________ g

225 g + ______________ = ______________ g

90 g + ______________ = ______________ g

440 g + ______________ = ______________ g

370 g + ______________ = ______________ g

15 g + ______________ = ______________ g

Textaufgaben mit Gewichtsangaben

Jakob und Johann sind dicke Freunde.
Zusammen bringen sie 69 kg auf die Waage.
Jakob ist allerdings 3 kg leichter als Johann.

F.: Wie schwer ist jeder von ihnen?

R.:

1. Ziehe 3 kg von 69 kg ab, dann erhältst du die Zahl, die du in zwei gleich große Mengen teilen kannst.

   ____

2. Teile das Ergebnis nun durch 2.

   ____

3. Und schon weißt du, was das erste Kind wiegt. Rechne zu dieser Zahl wieder 3 kg hinzu.

   ____

4. Nun weißt du, was das zweite Kind wiegt.

   ____

A.: Jakob wiegt ____________ kg,
Johann wiegt ____________ kg.

Malin möchte ihrem Freund ein Geburtstagsgeschenk schicken. Wenn die Sendung nicht mehr als 2 kg wiegt, gilt sie als Päckchen und kostet weniger Porto. Wiegt sie mehr, dann muss sie als Paket frankiert werden. Nun ist schon fast alles fertig eingepackt und hat ein Gewicht von genau 1,480 kg. Nur noch das Buch vom Zauberlehrling muss hinein. Es wiegt 550 g.

F.: Wie schwer ist die Postsendung zuletzt? Kann sie noch als Päckchen, also mit weniger Porto verschickt werden?

R.: ____________________

____

A.: Die Postsendung wiegt ______________ .

Sie wird frankiert als ☐ Päckchen.

☐ Paket.

Marvin soll für Oma Zwetschgen pflücken. 5 000 g Zwetschgen werden dann mit 1,5 kg Zucker vermischt und stundenlang zu Mus gekocht. Schließlich können 15 Gläser mit dem süßen Brotaufstrich gefüllt werden, den Marvin so liebt. Oma möchte 30 Gläser Mus kochen.

Wähle die passende Frage aus.

- ☐ Womit kocht Oma Zwetschgenknödel?
- ☐ Wie viele kg Zwetschgen und Zucker braucht Oma?
- ☐ Wie lange ist die Kochzeit?
- ☐ Für wen kocht Oma so viel Mus?

Überlege dir die Rechenwege.
Setze ein, was fehlt.

1. 5 000 g = __________ kg
2. Für 15 Gläser braucht Oma 1 500 g = __________ kg Zucker.
3. Für 30 Gläser braucht sie __________ g = 3 kg Zucker.
4. Für 15 Gläser braucht sie __________ kg Zwetschgen.
5. Für 30 Gläser braucht Oma __________ kg Zwetschgen.

1 t = 1000 kg *oder* 1,000 t = 1000 kg
Das Komma trennt t und kg.

Über die alte Brücke dürfen keine Fahrzeuge fahren, die schwerer als 7 t sind. Die Polizei führt eine Kontrolle durch.

F.: Welche Lkws dürfen die Brücke nicht überqueren?

R.:

	Lkw A	Lkw B	Lkw C	Lkw D
Leergewicht	3 450 kg	2 690 kg	4 200 kg	1 880 kg
Ladung	2 900 kg	4 760 kg	3 920 kg	2 750 kg
Gesamtgewicht	6 350 kg			
Schreibe in t		7,450 t		

A.: Die Brücke dürfen nicht überqueren:

- ☐ Lkw A und Lkw B
- ☐ Lkw A und Lkw C
- ☐ Lkw A und Lkw D
- ☐ Lkw B und Lkw C
- ☐ Lkw B und Lkw D
- ☐ Lkw C und Lkw D

Gewichtsangaben umwandeln

Wandle zuerst in kg um. Ordne dann die Angaben vom leichtesten [1] *bis zum schwersten Teil* [9].

☐	Ein Kleinwagen wiegt etwa 1 t.	______
☐	Ein Elefant wiegt etwa 5 000 kg.	______
☐	Der Brief wiegt 0,030 kg.	______
☐	Der Lkw wiegt 2 450 kg.	______
☐	Ein Nashorn wiegt etwa 2,000 t.	______
☐	Ein Erwachsener wiegt etwa 70 kg.	______
☐	Ein Säugling wiegt etwa 3,5 kg.	______
☐	Zehn Sack Zement wiegen $\frac{1}{2}$ t.	______
☐	Das Paket wiegt rund 3 000 g.	______

F.: Wie groß ist der Unterschied zwischen Nr. [7] und Nr. [8] ?

R.: ______________________________

A.: Kreuze die richtige Antwort an.

☐ 450 t

☐ 450 kg

☐ 450 g

Zeitangaben werden oft in Stunden (h), Minuten (min) und Sekunden (sec) genannt.

1 Stunde = 60 Minuten *oder* 1 h = 60 min
1 Minute = 60 Sekunden *oder* 1 min = 60 sec

Ein Punkt trennt Stunden und Minuten.

Tipp: *Achte darauf, ob alle Zeitangaben bereits einheitlich sind oder ob du sie vor dem Lösen des Rechenrätsels in die gleiche Einheit umwandeln musst.*

Wandle um.

„Punkt-schreibweise"

Viertelstunde	$\frac{1}{4}$ h	=	15 min	=	0.15 h
halbe Stunde	$\frac{1}{2}$ h	=		=	
Dreiviertelstunde	$\frac{3}{4}$ h	=		=	
eine Stunde	1 h	=		=	
eineinviertel Stunden	$1\frac{1}{4}$ h	=		=	
eineinhalb Stunden	$1\frac{1}{2}$ h	=	90 min	=	
eindreiviertel Stunden	$1\frac{3}{4}$ h	=		=	1.45 h
zwei Stunden	2 h	=		=	

Es ist 9.50 Uhr. In 20 Minuten fährt Monas Zug.

F.: Wann fährt Monas Zug los?

R.: Schreibe so:

9.50 Uhr —(+ 20 min)→ 10.10 Uhr
Anfangszeit — Endzeit

A.: Monas Zug fährt um 10.10 Uhr.

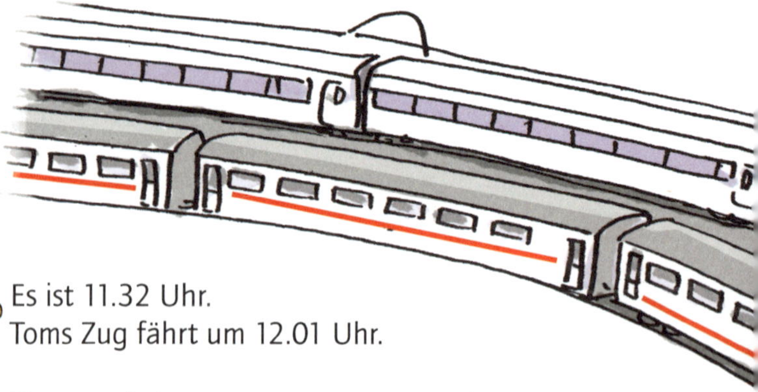

Es ist 11.32 Uhr.
Toms Zug fährt um 12.01 Uhr.

F.: Wie lange muss Tom noch auf den Zug warten?

R.: ______ → ______
Anfangszeit — Endzeit

A.: ______________________________

Trage die Ankunftszeiten der Züge ein.

Der InterRegio (IR) benötigt für die Strecke von Neustadt nach Marburg 28 Minuten. Der InterCity (IC) fährt die gleiche Strecke in einer Zeit von 21 Minuten.

Abfahrt Neustadt		Ankunft Marburg
6.11 Uhr	IR	6.39 Uhr
6.54 Uhr	IR	
7.11 Uhr	IR	
7.54 Uhr	IC	
8.11 Uhr	IR	
8.54 Uhr	IR	
9.11 Uhr	IR	
9.54 Uhr	IC	
10.11 Uhr	IR	

Textaufgaben mit Kalenderzeiten

Tage, Monate und Jahre sind ebenfalls Zeitangaben, die in einer Textaufgabe vorkommen können.

1 Tag	=	24 Stunden
1 Woche	=	7 Tage
2 Wochen	=	14 Tage
1 Monat	=	28/29/30/31 Tage
ein Vierteljahr ($\frac{1}{4}$)	=	3 Monate
ein halbes Jahr ($\frac{1}{2}$)	=	6 Monate
ein Dreivierteljahr ($\frac{3}{4}$)	=	9 Monate
1 Jahr	=	12 Monate

Monat	Tag
Januar	31
Februar	28/2
März	31
April	30
Mai	31
Juni	30
Juli	31
August	31
September	30
Oktober	31
November	30
Dezember	31

Das Tierheim hat eifrige Helfer.
Zweimal in der Woche geht Carla nach der Schule ins Tierheim, um dort bei der Pflege der Tiere zu helfen.
Jonas geht zweimal im Monat nachmittags dorthin und führt die Hunde aus.
Jennifer schafft es, jeden Sonntag zu ihren vierbeinigen Lieblingen zu gehen, um sie zu betreuen.

Überlege.

Wie oft geht Carla *in einem Monat* ins Tierheim?

Wie oft geht Jonas *in einem Monat* ins Tierheim?

Wie oft geht Jennifer *in einem Monat* ins Tierheim?

Drei befreundete Familien haben sich lange auf den diesjährigen Wanderurlaub gefreut.

Für die erste Tagestour wird verabredet, dass sich alle um **7.30 Uhr** am Parkplatz treffen.

Nach zweieinhalb Stunden sind sie an der ersten Hüttenstation, wo sie **eine halbe Stunde** Rast machen.

Zwei Stunden später erreichen sie ihr Ziel, die Enzianhütte.
Im Anschluss an eine **$1\frac{1}{2}$-stündige Mittagspause** geht es dann zurück ins Tal.

Notizen	
	7.30 Uhr
2.30 h	
2.00 h	12.30 Uhr

F.: Wann kehrt die Gruppe abends zurück, wenn der Rückweg ebenso lange dauert wie der Hinweg?

R.: Gehe folgendermaßen vor:

1. Lies die eingetragenen Randnotizen in der linken Spalte. Das sind die Wanderzeiten.

2. Addiere die Wanderzeiten. So errechnest du die Dauer des Hinweges.

   Der Hinweg dauert ________ Stunden.

3. Lies den Text und notiere in der rechten Spalte die Zeiten. Wann wird der Rückweg angetreten?

   Den Rückweg startete die Gruppe um ________ Uhr.

4. Addiere zum Rückwegstart (3.) die Dauer des Hinwegs (2.).

A.: Die Gruppe kehrt um ________ Uhr zurück.

1 min = 60 sec *oder* 1.00 min
Der Punkt trennt Minuten und Sekunden.

Die Mannschaft trainiert für den Wettkampf im 100-m-Lauf. Rufus erreicht von Mal zu Mal bessere Ergebnisse. Dennis' Zeiten werden immer schlechter. Und Quirin kann machen, was er will, er läuft immer die gleiche Zeit.

	1. Lauf	2. Lauf	3. Lauf
Rufus	1.00 min	58 sec	57 sec
Dennis	59 sec	1.02 min	1.04 min
Quirin	1.00 min	60 sec	60 sec

Beantworte die Fragen.

1. Um wie viele Sekunden hat sich Dennis insgesamt verschlechtert? ____________
2. Um wie viele Sekunden hat sich Rufus insgesamt verbessert? ____________
3. Um wie viel ist Quirin im 3. Lauf schneller als Dennis? ____________
4. Um wie viel ist Rufus im 2. Lauf schneller als Quirin? ____________

Geldangaben kommen in Euro (€) oder in Cent (ct) vor.

100 ct = 1,00 € *oder* 1 € *oder* 1,– €
10 ct = 0,10 €
1 ct = 0,01 €

Das Komma trennt Euro und Cent.
Ein langer Strich hinter dem Komma heißt: null Cent.

Auf dem Markt gibt es selbst gemachte Köstlichkeiten.

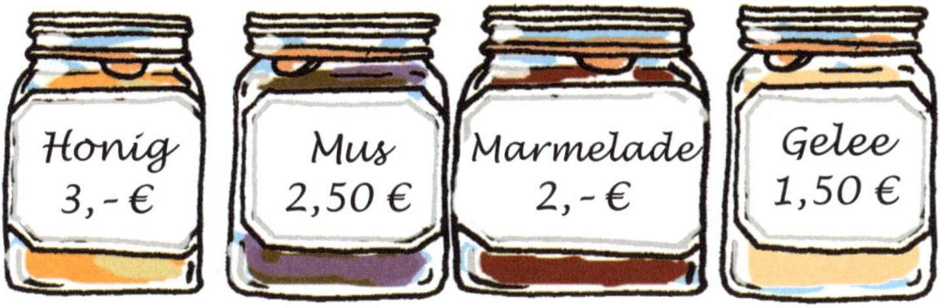

- Frau Taler kauft 3 Gläser Honig.
  Sie bezahlt dafür: ______________________
- Frau Kreuzer kauft 2 Gläser Mus und 1 Glas Gelee.
  Sie bezahlt dafür: ______________________
- Frau Reich kauft 4 Gläser Marmelade.
  Sie bezahlt dafür: ______________________

Alle bezahlen mit einem 10-€-Schein.

F.: Was erhält jede von ihnen als Rückgeld?

A.: Frau Taler: ______________________
Frau Kreuzer: ______________________
Frau Reich: ______________________

Umkehraufgaben bilden beim Rechnen mit Geld

Die Kinder kaufen Spielsachen ein.

a) Anna kauft einen Ball für 12 €. Jetzt hat sie noch 18 € und weiß nicht, was sie damit machen soll.

b) Roman kauft für 25 € ein und hat noch 25 € übrig.

c) Ayse hat 32 € für einen Roller ausgegeben und freut sich über ihr Restgeld in Höhe von 28 €.

F.: Wie viel Geld besaß jeder von ihnen zuvor?

R.:

a) ________ – 12 € = 18 €

oder 12 € + 18 € = ________ €

b) ________ – 25 € = 25 €

oder 25 € + 25 € = ________ €

c) ________ – 32 € = 28 €

oder 32 € + 28 € = ________ €

A.:

a) Anna besaß vorher ________ €.

b) Roman besaß vorher ________ €.

c) Ayse besaß vorher ________ €.

Opa führt für jedes seiner Enkelkinder ein Sparbuch.
Auf jedem Sparbuch sollen 200 Euro sein.

F.: Welchen Betrag wird Opa heute auf jedes Sparbuch einzahlen?

Tipp: *Achte darauf, in eine Einheit umzuwandeln. Schreibe den Betrag zuerst in Kommaschreibweise darunter. Trage dann die Lösung ein.*

Paula	Gregor	Till	Maja
22 € 22 ct 22,22 €	99 Cent	154,60 €	801 Cent
177,78 €			
200 €	200 €	200 €	200 €

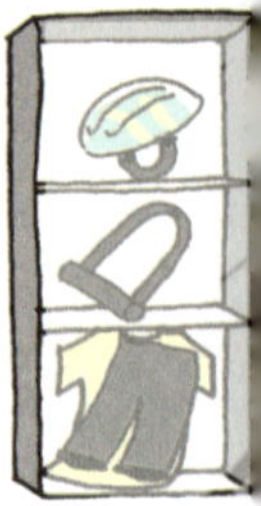

Ein neues Rennrad ist Davids Traum. Er vergleicht:
Am besten gefällt ihm natürlich das teuerste Angebot.

F.: Welches Rennrad ist Davids Favorit?

R.:

1. Rennrad: 628,– €
   - Zubehör: 42,– €
   - Preisnachlass bei Barzahlung: 25,– €

2. Rennrad: 598,– €
   - Zubehör: 55,– €
   - kein Preisnachlass

3. Rennrad: 699,– €
   - einschließlich Zubehör
   - 49,– € Sofortrabatt

A.:

Die Rechnung für den Möbelkauf der Familie Klug beträgt 6 480 €. Es wird eine Bezahlung in 15 Monatsraten vereinbart.

F.: Wie hoch sind die monatlichen Zahlungen?

R.: ______________________________

Tipp: *Denke daran, die Angaben, mit denen du rechnest (€), in der Rechnung mit aufzuschreiben. Das hilft dir, die richtige Antwort zu finden.*

A.: ______________________________

Textaufgaben mit unterschiedlichen Einheiten

Textaufgaben mit mehreren verschiedenen Angaben kannst du am besten lösen, wenn du in sehr kleinen Schritten vorgehst, um zur Lösung zu gelangen.

Tipp: *Beachte dabei, was du gelernt hast:*

- *Text mehrmals lesen*
- *Wichtige Zahlenangaben erkennen*
- *Unwichtige Zahlenangaben beiseite lassen*
- *Umwandeln in gleiche Einheiten*
- *Richtige Rechenart finden*
- *Alle Rechnungen aufschreiben*
- *Frage und Antwort aufeinander abstimmen*

Der Chef muss zwei neue Baustellen einrichten. Er schickt am Montag vier Mitarbeiter auf jede Baustelle. Dort sollen in den nächsten fünf Tagen bei einer täglichen Arbeitszeit von 8 Stunden Maurerarbeiten erledigt werden. Jeder Arbeiter erhält einen Stundenlohn von 15 €.

F. 1: Was verdient dort ein Bauarbeiter insgesamt?
F. 2: Wie viel Arbeitslohn muss der Chef seinen Mitarbeitern dann insgesamt bezahlen?

Tipp: *Gehe in kleinen Schritten vor und finde so zur Lösung.*
Kreuze auf Seite 75 an und rechne aus.

Textaufgaben mit unterschiedlichen Einheiten

1. Wie viele Arbeitstage sind es?
   ☐ 3 ☐ 4 ☐ 5

2. Wie viele Arbeitsstunden sind es täglich?
   ☐ 2 ☐ 4 ☐ 8

3. Wie viele Stunden pro Arbeiter sind es insgesamt?

   ________ · ________ = ________

4. Wie hoch ist der Stundenlohn?
   ☐ 9,50 € ☐ 10,- € ☐ 15,- €

5. Was kosten die Arbeitsstunden eines Arbeiters?

R. 1: ________ · ________ = ________

A. 1: ________________________________

6. Wie viele Arbeiter sind es?
   ☐ 3 ☐ 4 ☐ 5 ☐ 8

7. Wie hoch ist der Arbeitslohn, den der Chef allen Mitarbeitern insgesamt bezahlen muss?

R. 2: ________ · ________ = ________

A. 2: ________________________________

____

Textaufgaben mit hohen Geldbeträgen

Königs haben ein Haus gekauft. Es hat 240 000,- € gekostet. Vorher hatten sie eine Summe von 120 000,- € angespart. Den Restbetrag haben sie als Kredit von der Bank erhalten und haben vereinbart, das geborgte Geld nun monatlich mit 1 000,- € zurückzuzahlen.

F.: ______________________________

____

R.: ______________________________

____

A.: ______________________________

____

Hohlmaße können unter anderem in Millilitern (ml) und Litern (l) angegeben werden.

1 l = 1000 ml *oder* 1,000 l = 1000 ml

Deine Aufgabe ist es, unterschiedliche Angaben im Text zu erkennen und in eine Einheit umzuwandeln.

Wandle zuerst um und ordne dann von 1 bis 6.

- Chiara trinkt jeden Tag 2 Liter Milch. ______
- Jannik trinkt täglich 3 Tassen Kaffee zu je 250 ml Inhalt. ______
- Heiko mag am liebsten 700 ml Tomatensaft. ______
- Ulla verbraucht täglich 3 Flaschen Wasser mit je 0,7 l. ______
- Maria genießt ihren Tee und kocht täglich eine 1000-ml-Kanne. ______
- Jonathan nimmt täglich 3 Trinktüten mit je 200 ml Inhalt in die Schule. ______

F.: Wer hat denn nun den größten Durst?

A.: ______

In Paraguay, einem Land in Südamerika, wird weltweit am meisten Tee getrunken. Es sind im Durchschnitt täglich 14 Tassen pro Person. Eine Tasse fasst 125 ml.

F.: Wie viele Liter Tee trinkt dort jeder täglich?

Tipp: *Rechne zuerst in Millilitern.*
Wandle danach in Liter um.

R.: ______________________________

____

Tipp: *Schreibe die Angaben, mit denen du rechnest (ml/l), in der Rechnung mit auf. Das hilft dir, die richtige Antwort zu finden.*

A.: ______________________________

____

Am meisten Kaffee wird in Finnland getrunken.
Jeder Finne trinkt durchschnittlich 5 Tassen pro Tag.
Eine Tasse fasst 125 ml.

F.: Wie viele Liter sind das pro Jahr?

R: ______________________________

____

Wandle um und runde auf Liter:

__________ ml ≈ __________ l

A: ______________________________

Bruchzahlen in Textaufgaben

Angaben in Bruchzahlen können ebenfalls Teil einer Textaufgabe sein. Sie nennen den Teil eines Ganzen.

$\frac{1}{1}$ = ein Ganzes, also alles.

$\frac{1}{2}$ = ein Halbes,
also 1 von 2 gleich großen Teilen → **: 2**

$\frac{1}{3}$ = ein Drittel,
also 1 von 3 gleich großen Teilen → **: 3**

$\frac{1}{4}$ = ein Viertel,
also 1 von 4 gleich großen Teilen → **: 4**

$\frac{1}{5}$ = ein Fünftel,
also 1 von 5 gleich großen Teilen → **: 5**

$\frac{1}{6}$ = ein Sechstel,
also 1 von 6 gleich großen Teilen → **: 6**

$\frac{1}{7}$ = ein Siebtel,
also 1 von 7 gleich großen Teilen → **: 7**

$\frac{1}{8}$ = ein Achtel,
also 1 von 8 gleich großen Teilen → **: 8**

$\frac{1}{9}$ = ein Neuntel,
also 1 von 9 gleich großen Teilen → **: 9**

$\frac{1}{10}$ = ein Zehntel,
also 1 von 10 gleich großen Teilen → **: 10**

Unsere Schule hat 744 Schüler.
Ein Drittel davon ist unter 10 Jahre alt.
Vom Rest ist ein Viertel zwischen 10 und 14 Jahren,
die übrigen sind 15 Jahre und älter.

F.: Wie viele Schüler unserer Schule sind 15 Jahre und älter?

F. 1: Wie viele Schüler sind unter 10?

R. 1: ______________________________

F. 2: Wie viele Schüler sind zwischen 10 und 14?

R. 2: ______________________________

____

F. 3: Wie viele Schüler sind über 15 Jahre und älter?

R. 3: ______________________________

A.: Wir haben an unserer Schule __________ Schüler, die 15 Jahre und älter sind.

Textaufgaben, die als Knobelaufgaben gedacht sind, kommen dir schwer vor, weil kaum Hinweise auf Zahlenangaben, Fragen oder Rechenwege zu erkennen sind.

Leonie vergleicht die Größe der sechs Kinder in ihrer Familie: Sie ist kleiner als ihre drei Brüder, aber größer als Jenny. Die Zwillinge Kai und Katrin sind gleich groß und größer als sie. Lukas ist größer als Katrin und kleiner als Moritz.

F.: Wie ist die Reihenfolge bei der Größe der Kinder?

Tipp:
1. Hier musst du Größen vergleichen, nicht rechnen.
2. Lies den Text mehrmals genau durch.
3. Schreibe zuerst auf, wen du sicher bestimmen kannst.
4. Suche dann den Nächsten und arbeite so weiter.
5. Vervollständige die Zeichnungen unten. Schreibe den passenden Namen der Kinder darunter.

Wenn sich die Zugvögel vor Wintereinbruch auf den Weg in den Süden machen, haben sie eine weite Strecke vor sich.
Der Kuckuck fliegt 9 500 km weit in den Süden, also halb so weit wie die Seeschwalbe, aber immerhin 3 000 km mehr als der Kranich. Der Storch fliegt 500 km weiter als der Kuckuck und damit viermal weiter als die Drossel.

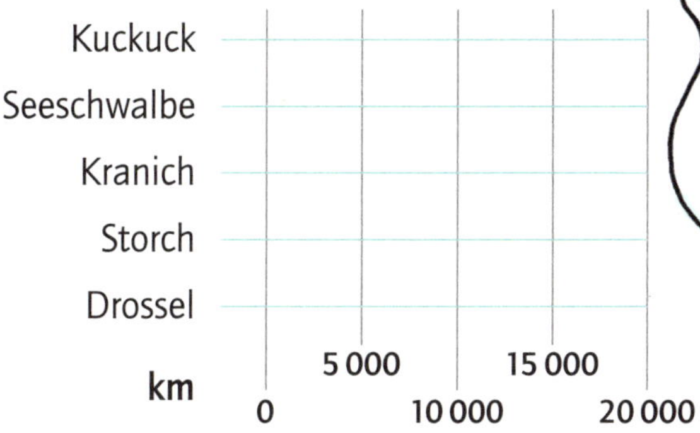

F.: Wie weit fliegt die Drossel?

A.: Die Drossel fliegt __________ km weit in den Süden.

Beim Schulsportfest haben 128 Schüler der Waldschule eine Urkunde erhalten. Dabei waren es 68 mehr Siegerurkunden als Ehrenurkunden.

F.: Wie viele Siegerurkunden wurden verliehen?
Und wie viele Ehrenurkunden gab es?

- Was wir wissen:
  68 der 128 Urkunden sind Siegerurkunden:

R. 1: 128 - 68 = 60
Es bleiben also 60 Urkunden übrig.

- Von diesen 60 Urkunden sind es gleich viele Siegerurkunden wie Ehrenurkunden:

R. 2: 60 : 2 = 30

- 30 Siegerurkunden kommen zu den 68 hinzu:

R. 3: 68 + 30 = 98

A.: Es sind 98 Siegerurkunden und 30 Ehrenurkunden.

Der Schulbus muss jeden Morgen 75 Kinder in die Astrid-Lindgren-Schule bringen. Dafür fährt der Busfahrer drei Haltestellen an. An der ersten Station steigen 13 Schüler ein. Dreimal mehr steigen an der dritten Station ein.

F.: Wie viele Schüler steigen an der zweiten Station zu?

R.: ______________________________

____

____

A.: ______________________________

____

Knobelaufgaben Zahlensuche

Geht es in der Textaufgabe um eine Zahlensuche, kann es sehr hilfreich sein, mit der Rechnung am Ende der Rechengeschichte zu beginnen. Das bedeutet, dass du Umkehraufgaben bilden musst.

Kevin denkt sich eine Zahl, zieht von dieser Zahl 18 ab und erhält das Vierfache von 25.

1. Beginne die Rechnung hinten: $4 \cdot 25 = 100$

2. Im Text heißt es: Ziehe ab.
   Bilde davon die Umkehraufgabe: $100 + 18 = 118$

→ Die Zahl heißt:

Marissa rechnet zu ihrer gedachten Zahl 12 hinzu, multipliziert nun mit 3 und erhält 99.

1. Beginne die Rechnung hinten: $99 : 3 = 33$

2. Im Text heißt es: Rechne hinzu.
   Bilde davon die Umkehraufgabe: $33 - 12 = 21$

→ Die Zahl heißt:

Felix zieht von seiner gedachten Zahl das Fünffache von 2 ab und erhält das Ergebnis aus 5 mal 200.

F.: Wie heißt Felix' Zahl?

R.: $5 \cdot 200 =$ ____

$5 \cdot 2 =$ ____

____ + ____ = ____

A.: Felix' Zahl heißt ____ .

Hannah denkt sich eine Zahl, multipliziert sie mit 6 und erhält das Ergebnis aus $4 \cdot 9$.

F.: ________________

R.: ____ · ____ = ____

____ : ____ = ____

A.: Hannahs Zahl heißt ____ .

Achtung bei Knobelaufgaben, in denen unterschiedlich große Mengen verteilt werden müssen!

Der Reifenhändler montiert Fahrrad- und Autoreifen. Heute hat er insgesamt 104 Reifen auf 28 Fahrzeuge montiert.

F.: Wie viele Autos und Fahrräder sind heute neu bereift worden?

Tipp: *Gehe schrittweise vor:*

Zuerst 2 Teile auf die gesamte Menge verteilen:

1. Gib zuerst jedem Fahrzeug 2 Reifen.
$28 \cdot 2 = 56$
→ Es erhalten also 28 Fahrzeuge je 2 Reifen, das sind 56 Reifen.

Danach die restliche Menge errechnen:

2. Wie viele Reifen sind noch übrig?
$104 - 56 = 48$
→ 48 Reifen sind noch übrig.

Dann die restliche Menge paarweise aufteilen. Damit erfährst du die Anzahl der 4-rädrigen Fahrzeuge:

3. Verteile die restlichen 48 Reifen paarweise.
48 : 2 = 24
→ Es sind 24 Reifenpaare übrig.
Also erhalten 24 Fahrzeuge noch 2 Reifen.

Die übrigen Fahrzeuge sind Zweiräder.

4. Subtrahiere von der Gesamtzahl der bearbeiteten Fahrzeuge die Zahl der 4-rädrigen Fahrzeuge.
28 - 24 = 4
→ Es bleiben 4 Fahrzeuge mit 2 Reifen übrig.

A.: 24 Autos und 4 Fahrräder wurden heute bei dem Reifenhändler neu bereift.

Hühner, Katzen, Hunde und Pferde laufen heute frei auf dem Bauernhof herum. Es sind gerade 15 Tiere. Zusammen haben sie 54 Beine.

F.: Wie viele Zweibeiner und Vierbeiner sind es?

Tipp: *1. Es sind 15 Tiere. Male also 15 Köpfe auf ein Blatt Papier.*
2. Jedes Tier hat mindestens 2 Beine. Male sie dazu.

R.: 2 Beine · 15 = 30 Beine
54 Beine – 30 Beine = 24 Beine

30 Beine sind nun verteilt.
24 Beine müssen noch verteilt werden.

24 : 2 = 12

12 Tiere erhalten also weitere 2 Beine. Zeichne.
Nun haben 12 Tiere 4 Beine.

15 Tiere – 12 Tiere = 3 Tiere

A.: Auf dem Hof sind 12 Vierbeiner und 3 Zweibeiner.

Auf dem Hundeübungsplatz ist heute viel Betrieb, denn 8 Hundebesitzer bereiten ihre Tiere auf die nächste Prüfung vor. Zusammen sind 68 Beine auf dem Platz.

F.: Wie viele Hunde nehmen an der Vorbereitung teil?

R.: ________ · ________ = ________

________ – ________ = ________

________ : ________ = ________

A.: Es werden ________ Hunde auf die Prüfung vorbereitet.

Checkliste für das Lösen von Textaufgaben

1. Lies den Text so oft, bis du die Rechengeschichte mit deinen eigenen Worten erzählen kannst.
2. Fertige mithilfe der Angaben im Text eine kleine Zeichnung an.
3. Du bist auf etwas neugierig geworden? Wie lautet die Frage?
4. Welche Zahlenangaben sind zum Finden der Lösung wichtig? Unterstreiche sie.
5. Welche Zahlenangaben sind völlig unwichtig? Streiche sie durch.
6. Fehlt die zweite Zahlenangabe? Errechne sie.
7. Erkennst du, ob zuerst andere Fragen beantwortet werden müssen, bevor du die eigentliche Lösung errechnen kannst? Schreibe sie auf.
8. Welche Rechenart musst du wählen? Gibt dir der Text Hinweise auf die richtige Rechenart? Lies genau.
9. Sind die Angaben im Text einheitlich? Wenn nicht, dann wandle unbedingt alle Angaben, die zum Rechnen nötig sind, in die gleiche Einheit um.
10. Sind mehrere Rechenschritte nötig, um zur Lösung zu gelangen? Schreibe sie auf.
11. Überlege: Kommst du eher zur Lösung, wenn du am Ende des Textes beginnst, um zu rechnen? Denke an die Umkehraufgabe. Probiere es aus.
12. Bilde mit dem Ergebnis einen Antwortsatz. Ist dieser Satz die Antwort auf die gestellte Frage? Lies beides laut vor. Passen sie zusammen?

- Dann hast du alles geschafft. **Super!**

7: 10 - 7 = 3 • Auf Olivers Torte brennen noch 3 Kerzen.
8: 24 - 5 = 19 • Leon hat noch 19 Milchzähne.
9: Samstag: 10 Baguettes; Sonntag: 10 Baguettes
→ Wochenende: 20 Baguettes
Montag: 20 Baguettes · 2 = 40 Baguettes
Dienstag bis Freitag: ebenfalls jeweils 40 Baguettes
10: 5 + 14 = 19 • Der Bahnhof wird am 19. August geöffnet.
11: Dritte Klasse: 4 Kästen; vierte Klasse: 9 Kästen • Am meisten trinkt die vierte Klasse, am wenigsten die dritte Klasse.
12: Text Nummer 3 passt zum Schaubild.

14: Frage 1, Rechnung 1, Antwort 2
17: (Auf die Linien gehören von oben nach unten:)
Frage - Rechnung - Antwort
20: 7/4, 12/2, 3/12, 4/7, 20/23
21: 10/5, 12/1, 3/2, 3/5
22: 49 € : 7 = 7 € • Ein Kerzenständer kostete 7 €.
25: 1. 3 Kinder; 2. 10 € · 3 = 30 €; 3. 5 €
26: Diese Fragen können beantwortet werden: 2., 3., 4.
27: Wie viele Stufen muss Lisa noch hinaufsteigen?
(Oder: Wie viele Stufen muss Lisa insgesamt hinaufsteigen?)
Wie tief ist die Nordsee an ihrer tiefsten Stelle?
(Oder: Um wie viel ist die Nordsee an der tiefsten Stelle tiefer als die Ostsee?)
Wie alt kann eine Schildkröte werden?

28: 1. 520 : 4 = 130
• Am Samstag wurden 130 Karten verkauft.
29: 2. 520 € · 2 = 1040 € → 1040 : 4 = 260 *oder* 130 · 2 = 260
• Am Sonntag waren es 260 Besucher.
130 + 260 = 390
→ Am Wochenende sahen 390 Besucher die Vorstellung.
30: Die Fragen 1. und 2. sind wichtig, um die Lösung zu finden.
R.: 8 € · 2 = 16 € 16 € : 4 = 4 €
A.: Jeder bezahlt 4 €.

31: Wann kommt der Zug an?
32: Nein. - Wie lange wird der Kapitän insgesamt auf See sein?
33: (:) 18 : 3 = 6 • Carolin stellte pro Tag 6 Ketten her.
34: (Von oben nach unten:) (·) (−) (:) (+)
35: (Von oben nach unten:) (−) (·) (:) (:)
36: R.: 157 m + 99 m = 256 m • Der Messeturm ist 256 m hoch.

37: R. 1: 480 : 24 = 20; A. 1: Jedes Stockwerk hat 20 Fenster.
R. 2: 24 · 2 = 48; A. 2: Das Haus hat 48 Wohnungen.

40: R. 1: 140 € - 90 € = 50 €; R. 2: 90 € + 50 € = 140 €
• Nico hat 50 € mehr als Jule gespart.

42: R.: 5 551 € : 7 = 793 € • Jedes Mitglied erhält 793 €.

43: Oben: 31 Besucher erhielten … ein Geschenk.
Unten: Der Zoo benötigt täglich 600 kg mehr Futter.

47: 8 dm = 80 cm, 2 dm = 20 cm; 12 mm = 1,2 cm, 25 mm = 2,5 cm;
8 km = 8 000 m, 5 km = 5 000 m

48: Brett: 1,5 cm → Schrauben: alle passen - außer 20 mm;
Brett: 30 mm → Schrauben: alle passen - außer 4,0 cm

49: 120 cm = 1,20 m; 200 cm = 2,00 m; 170 cm = 1,70 m;
1. Emmas Bett: 1,20 m; 2. Christophers Bett: 1,70 m;
3. Noras Bett: 2,00 m

50:

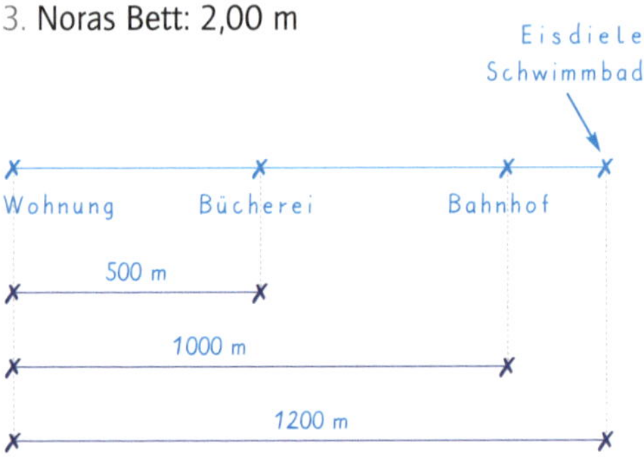

51: 1 km = 1000 m
A. 2: Die Bücherei liegt 500 m von der Wohnung entfernt.

52: W: 18 m lang, TR: 12 m, A: 9 m • Der Walhai ist am längsten.

53: 61 cm = 0,61 m; 236 cm = 2,36 m
• Der Unterschied beträgt 1,75 m (= 175 cm).

55: 130 g + 870 g = 1000 g   440 g + 560 g = 1000 g
225 g + 775 g = 1000 g   370 g + 630 g = 1000 g
90 g + 910 g = 1000 g   15 g + 985 g = 1000 g

56: 69 kg - 3 kg = 66 kg   66 kg : 2 = 33 kg
33 kg + 3 kg = 36 kg • Jakob wiegt 33 kg, Johann 36 kg.

57: 1,480 kg = 1480 g → 1480 g + 550 g = 2030 g = 2,030 kg
• Die Postsendung wiegt 2,030 kg und ist ein Paket.

58: Wie viele kg Zwetschgen und Zucker braucht Oma?
1. 5 kg   2. 1,5 kg
3. 3 000 g   4. 5 kg   5. 10 kg

59: Lkw A: 6,350 t; Lkw B: 7 450 kg; Lkw C: 8 120 kg = 8,120 t;
Lkw D: 4 630 kg = 4,630 t
• Die Brücke dürfen nicht überqueren: Lkw B und Lkw C.

60: (Von oben nach unten:) 1000 kg (6), 5 000 kg (9), 0,030 kg (1), 2 450 kg (8), 2 000 kg (7), 70 kg (4), 3,5 kg (3), 500 kg (5), 3 kg (2) • R.: 2 450 kg - 2 000 kg = 450 kg • A.: 450 kg

61: (Von oben nach unten:) 30 min → 0.30 h, 45 min → 0.45 h, 60 min → 1 h, 75 min → 1.15 h, 90 min → 1.30 h, 105 min → 1.45 h, 120 min → 2 h

62: 11.32 Uhr + 29 min → 12.01 Uhr
• Tom muss 29 Minuten warten.

63: (Von oben nach unten:) 7.22 Uhr, 7.39 Uhr, 8.15 Uhr, 8.39 Uhr, 9.22 Uhr, 9.39 Uhr, 10.15 Uhr, 10.39 Uhr

65: Carla: 2 · 4 = 8   Carla geht 8-mal im Monat ins Tierheim.
Jonas: 2-mal im Monat.   Jennifer: 4-mal im Monat.

67: 2. Wanderzeit Hinweg: 2.30 h + 2.00 h = 4.30 h
3. Pausenzeiten: 0.30 h + 1.30 h = 2.00 h
→ 7.30 Uhr + 4.30 h + 2.00 h → 14 Uhr
• Den Rückweg startete die Gruppe um 14.00 Uhr.
4. 14.00 Uhr + 4.30 h → 18.30 Uhr
• Die Gruppe kehrt um 18.30 Uhr zurück.

68: 1. 5 sec; 2. 3 sec; 3. 4 sec; 4. 2 sec

69:
Taler:	3 € · 3 = 9 €	→ 1 € Rückgeld
Kreuzer:	2,50 € · 2 + 1,50 € = 6,50 €	→ 3,50 € Rückgeld
Reich:	2 € · 4 = 8 €	→ 2 € Rückgeld

70: a) 30 € - 12 € = 18 €   *oder:* 12 € + 18 € = 30 €
• Anna besaß 30 €.
b) 50 € - 25 € = 25 €   *oder:* 25 € + 25 € = 50 €
• Roman besaß 50 €.
c) 60 € - 32 € = 28 €   *oder:* 32 € + 28 € = 60 €
• Ayse besaß 60 €.

71:
Gregor: 99 ct = 0,99 €	→ 200 € - 0,99 €	= 199,01 €
Till:	→ 200 € - 154,60 €	= 45,40 €
Maja: 801 ct = 8,01 €	→ 200 € - 8,01 €	= 191,99 €

72:
1. Rad:	628 € + 42 € - 25 €	= 645 €	
2. Rad:	598 € + 55 €	= 653 €	→ Davids Favorit
3. Rad:	699 € - 49 €	= 650 €	

73: 6480 € : 15 = 432 €
• Familie Klug bezahlt monatlich 432 €.

75: 1. 5 Arbeitstage; 2. 8 Arbeitsstunden täglich; 3. 8 • 5 = 40 Stunden pro Arbeiter; 4. Stundenlohn 15,– €; 5. 15 € · 40 = 600 € → Die Arbeitsstunden eines Arbeiters kosten 600 €. 6. 2 · 4 = 8 Arbeiter; 7. 600 € · 8 = 4 800 € → Der Chef muss insgesamt 4 800 € Lohn bezahlen.

76: F.: Wie viele Jahre brauchen sie, um das Geld abzubezahlen?
R.: 240 000 € – 120 000 € = 120 000 €
120 000 : 1 000 = 120 (Monate) → 120 : 12 = 10 (Jahre)
A.: Die Königs brauchen 10 Jahre, bis sie alles abbezahlt haben.

77: (5) Chiara: 2 000 ml, (3) Jannik: 250 ml · 3 = 750 ml, (2) Heiko: 700 ml, (6) Ulla: 700 ml · 3 = 2 100 ml, (4) Maria: 1 000 ml, (1) Jonathan: 200 ml · 3 = 600 ml • Ulla trinkt am meisten.

78: 125 ml · 14 = 1 750 ml = 1,75 l • In Paraguay trinkt jeder im Durchschnitt 1,75 Liter Tee pro Tag.

79: 125 ml · 5 = 625 ml
625 ml · 365 (Tage) = 228 125 ml ≈ 228 l
• Jeder Finne trinkt durchschnittlich rund 228 Liter Kaffee im Jahr.

81: R. 1: 744 : 3 = 248 → 248 Schüler sind unter 10 Jahre alt.
R. 2: 744 – 248 = 496 → 496 : 4 = 124
→ 124 Schüler sind zwischen 10 und 14 Jahre alt.
R. 3: 744 – 248 – 124 = 372 → 372 Schüler sind über 15.

82: (Von links nach rechts:) Moritz, Lukas, Kai und Katrin, Leonie, Jenny

83: Kuckuck: 9 500 km; Seeschwalbe: 9 500 km · 2 = 19 000 km;
Kranich: 9 500 km – 3 000 km = 6 500 km;
Storch: 9 500 km + 500 km = 10 000 km;
Drossel: 10 000 km : 4 = 2 500 km

85: Erste Station: 13 Schüler; dritte Station: 13 · 3 = 39 (Schüler)
→ 75 – 39 – 13 = 23 (Schüler)
• An der zweiten Station steigen 23 Schüler zu.

86: Kevin: 118; Marissa: 21

87: Felix:
5 · 200 = 1 000   5 · 2 = 10
1 010 – 10 = 1 000
Felix' Zahl heißt 1 010.

Hannah:
? · 6 = 4 · 9 → ? · 6 = 36
Umkehraufgabe: 36 : 6 = 6
Hannahs Zahl heißt 6.

91: Beine der Hundebesitzer: 2 · 8 = 16
Beine auf dem Platz: 68
→ 68 – 16 = 52 → 52 Beine der Hunde
→ 52 : 4 = 13 • 13 Hunde werden vorbereitet.